शाकुन्तल

SAKOUNTALA

PIÈCE LYRIQUE EN CINQ ACTES

— D'APRÈS —

KALIDASA

ALFRED MORTIER

SAKOUNTALA

Pièce Lyrique en 5 actes

DU MÊME AUTEUR

THÉATRE

La fille d'Artaban (Théâtre libre) . . . . I acte.
La Logique du doute (Nouv. Théâtre d'Art) 2 actes.
Marius vaincu, tragédie (Théâtre des Arts) . 3 actes.
Sylla (Odéon), tragédie . . . . 4 actes.
La femme d'Othon, miracle (adaptation) . . . 4 actes.

POÉSIE

La vaine aventure (Mercure de France). . . . . I vol.
Le temple sans idoles (Mercure de France) . I vol.

CRITIQUE

Dramaturgie de Paris (G. Crès et Cie). . . . . I vol.

ALFRED MORTIER

SAKOUNTALA

Pièce Lyrique

EN CINQ ACTES

D'après KALIDASA

Représentée pour la première fois à Paris au Théâtre de Verdure du Pré-Catelan (Bois de Boulogne) le 6 Juillet 1919.

PARIS
G. CRÈS & Cie
116, Boulevard Saint-Germain, 116
1919

Il a été tiré 5 exemplaires de «Sakountala», *sur papier de Hollande, numérotés à la presse, de* 1 *à* 5.

Exemplaire N° 1

PERSONNAGES

Le roi Douchmanta	MM.	Maxime-Lery.
Kanwa, *saint ermite*........		Max-Péré.
Dourvasas *saint ermite*.....		Henri Roger.
Vatayana, *chambellan*......		P. Marnès.
Madhavya, *bouffon du roi*...		Freschard.
Saradvata, *ermite*..........		Ludot.
Sakountala.................	Mmes	Suzanne Méthivier.
Vasoumati, *favorite du roi*..		G. de Charmoy.
Gautami, *sainte révérende*...		Suzanne Teissier.
Anousouya, *jeune anachorète*		Denise Réal.
Pryamwada, *jeune anachorète*		Djem-Dax.
Padika *pêcheur*...........	MM.	Abadie.
Vétravati, *officier*..		Villenberg.
Un garde		Regor.

ACTE PREMIER

ACTE PREMIER

SCÈNE PREMIÈRE

Un bois dans un ermitage. Lianes, manguiers, arbustes tropicaux, fleurs. Un banc. A gauche, une petite chaumière.

DOUCHMANTA, VATAYANA,
puis SARADVATA

LE ROI, *tenant son arc.*

Hâtons-nous. La gazelle noire a passé là. La voici cachée derrière ce buisson dont les feuilles remuent. (*Il ajuste son arc*).

VATAYANA

O roi, je crois voir le dieu Civa tirant de l'arc.

SARADVATA, *paraissant.*

Roi, ne tire pas ! Arrête ! Il ne faut pas tuer cette gazelle... Il ne faut pas la tuer. Elle appartient à l'ermitage. Non ! Cette flèche ne doit pas tomber sur ce tendre corps ainsi que du feu sur un amas de coton. Les armes vous sont données pour défendre l'opprimé, non pour blesser l'innocent.

LE ROI

La voici retirée.

SARADVATA

Cela est digne de ta majesté, lumière de la race de Pourou. Obtiens un fils doué de qualités pareilles aux tiennes ! Obtiens un fils qui commande à l'univers !

LE ROI, *s'inclinant avec respect*

J'accepte la parole du brahmane.

SARADVATA

J'étais sorti pour ramasser du bois. Cet ermitage, situé sur les bords de la Mâlini est celui de notre maître, le grand sage Kanwa. Si cela ne vous fait pas négliger un devoir, entrez là pour y recevoir les soins de l'hospitalité. Puis, après avoir contemplé les bonnes actions paisiblement accomplies des ascètes riches en austérité, vous vous direz : « Il les protège efficacement, ce bras qui porte la marque de la corde de l'arc. »

LE ROI

Le chef de cette famille d'ermites est-il présent ?

SARADVATA

Non, sire. Pour l'instant il est allé prier à l'étang consacré de Sauma, après avoir confié à sa fille Sakountala le soin d'accorder l'hospitalité.

LE ROI

Eh bien, je la verrai. Elle me fera connaître les œuvres du grand sage.

SARADVATA

Je vous précède, sire, pour l'avertir. (*Il sort*).

LE ROI

J'aurais dû m'apercevoir que cette partie de la forêt est consacrée aux austérités.

VATAYANA

Comment cela ?

DOUCHMANTA

On voit çà et là les pierres imprégnées d'huile, qui servent à broyer la graine ; les arbres ont leurs racines baignées par l'eau des canaux, et leur teinte est assombrie par la fumée qui s'élève de l'offrande de beurre clarifié.

VATAYANA

Cela est vrai.

DOUCHMANTA

Il importe de ne pas troubler plus longtemps ce bois consacré. Va ! Fais revenir les piqueurs qui sont allés en avant. Que mes rabatteurs suspendent toute poursuite.

VATAYANA

Comme l'ordonne Sa Majesté.

DOUCHMANTA

Vois. Chez les ascètes riches en austérités en qui le calme domine, il y a une splendeur cachée, de nature brûlante. Ainsi les lentilles de cristal, qui sont douces au toucher, font sous l'influence du feu du ciel, jaillir la flamme. Voici la porte de l'ermitage. Paisible est ce site, et cependant mon œil gauche a cillé. Quel est ce présage ? Il est vrai que les portes des événements futurs sont partout. (*Vatayana veut prendre congé*). Aie soin que les chevaux soient raraîchis. (*Murmures de voix fraîches derrière la scène*). Qu'est-ceci ?

VATAYANA, *regardant.*

J'aperçois les jeunes filles de l'ermitage qui, avec leurs cruches emplies, viennent de ce côté arroser ces jeunes arbres. Leur aspect est gracieux.

DOUCHMANTA

Laisse moi. Mais emporte ces ornements royaux. Il est inutile d'en imposer de la sorte à ces jeunes filles. Va.

(*Sort Vatayana.*)

SCÈNE II

DOUCHMANTA, SAKOUNTALA,
ANOUSOUYA, PRYAMWADA.

(*Les jeunes filles parlent en arrosant les arbres.*)

DOUCHMANTA

Leur vue est charmante en effet. Les arbustes des jardins royaux sont surpassés en beauté par les arbustes des forêts. Je vais les épier à l'abri de cet ombrage. (*Il se dissimule*).

SAKOUNTALA

Par ici, mes amies.

ANOUSOUYA

A voir avec quel soin tu les arroses, ces arbres te sont plus chers que ton corps délicat.

SAKOUNTALA

Chère Anousouya, j'ai pour eux la tendresse d'une sœur.

DOUCHMANTA

Quelle fatigue pour ces membres frêles comme la fleur nouvelle du jasmin double.

SAKOUNTALA

Ce vêtement d'écorce que m'a attaché Pryamwada me serre trop. Relâche-le.

ANOUSOUYA

Volontiers.

PRYAMWADA, *riant.*

Accuses en la jeunesse qui développe graduellement la rondeur de tes seins. Mais pourquoi m'accuser ?

DOUCHMANTA

Ce grossier vêtement a sur elle la grâce d'un ornement.

PRYAMWADA

Chère Sakountala, demeure un instant immobile auprès de ce manguier.

SAKOUNTALA

Pour quelle raison ?

PRYAMWADA

Parce qu'il semble ainsi enlacé d'une liane.

SAKOUNTALA

Tu es la bien nommée, Pryamwada, celle qui dit des choses agréables.

DOUCHMANTA

Elle n'a dit que la vérité avec grâce.

ANOUSOUYA *à Sakountala.*

Que regardes-tu ?

SAKOUNTALA

L'union de cette jeune tige de jasmin, qui s'est donnée pour épouse à ce manguier odorant.

PRYAMWADA

Et tu te dis sane doute : Puissè-je aussi obtenir un époux digne de moi !

SAKOUNTALA

C'est un vœu que ton esprit fait pour toi-même. Oh ! une merveille ! Je vous annonce une bonne nouvelle.

LES JEUNES FILLES

Quoi donc ?

SAKOUNTALA

Cette liane madhavi est en fleurs depuis la racine jusqu'au faîte, et ce n'en est pas la saison.

PRYAMWADA, *malicieuse.*

Cela présage aussi une grande nouvelle. C'est que l'une de nous sera bientôt...

SAKOUNTALA

Je ne veux pas entendre ces folles paroles.

DOUCHMANTA, *à lui-même.*

Plaise à Dieu qu'elle ne soit pas de la même caste que le père de famille ! Car elle mérite d'être épousée par un homme de race royale.

SAKOUNTALA, *poussant un cri.*

Oh ! une abeille !

DOUCHMANTA

Comme elle se défend joliment, avec une coquetterie instinctive !

SAKOUNTALA

Protégez-moi contre l'insolente !

DOUCHMANTA

Je saurai la vérité sur cette jeune fille.

(*Les jeunes filles courent çà et là.*)

SAKOUNTALA

Oh ! la méchante ! Chassez-la !

PRYAMWADA, *riant.*

Qu'y pouvons-nous ? Appelle à ton secours le roi Douchmanta, puisqu'il a pris sous sa protection les bois des ermites.

DOUCHMANTA

Voilà l'occasion de me montrer. (*Paraissant*). Lorsqu'un descendant de Porou gouverne sur la terre, qui donc se conduit grossièrement envers les filles des anachorètes ?

(*Court silence de trouble.*)

ANOUSOUYA

Seigneur, il n'y a rien d'inquiétant. Ce n'est qu'une abeille importune.

DOUCHMANTA

Jeunes filles, puissent croître sans fin les mérites de votre dévotion.

ANOUSOUYA

Seigneur, recevez les honneurs de l'hospitalité. (*A Sakountala*). Mon amie, apporte de la chaumière un arghya mêlé de fruits. En attendant, voici de l'eau pour laver vos pieds.

(*Elle vient s'agenouiller.*)

DOUCHMANTA, *la relevant.*

Par vos paroles polies vous m'avez déjà donné l'hospitalité.

ANOUSOUYA

Que le noble étranger veuille bien prendre place sur ce banc rafraîchi par une ombre épaisse, pour s'y reposer de sa fatigue.

DOUCHMANTA

Vous-mêmes, fatiguées par vos travaux, ne voulez-vous pas vous y asseoir un moment ?

PRYAMWADA

La bienséance nous le commande.

(*Elles s'asseyent.*)

SAKOUNTALA, *à elle-même, rapportant l'arghya.*

Depuis que j'ai vu cet étranger, d'où vient mon émotion qui répugne aux sentiments d'une forêt de pénitence ?

DOUCHMANTA, *les regardant l'une après l'autre.*

Que j'admire en vous cette délicieuse harmonie d'âges et de beautés égales.

ANOUSOUYA

La douceur des paroles de votre Seigneurie m'encourage. Quelle est la famille de sages dont le noble étranger est l'ornement ? Quelle est la ville qui s'afflige de son absence ?

DOUCHMANTA

Sainte fille, je suis un brahme chargé par le roi d'inspecter la religion dans ses villes, et de m'assurer que dans les ermitages les cérémonies sacrées s'accomplissent sans obstacles. (*A Sakountala*). Cette mission si grave est aujourd'hui délicieusement aimable.

(*Sakountala se détourne avec embarras.*)

PRYAMWADA, *malicieuse.*

Chère Sakountala, si le révérend père Kanwa n'était pas éloigné de ces lieux...

SAKOUNTALA

Qu'arriverait-il ?

ANOUSOUYA

Il rendrait heureux cet hôte distingué en lui présentant ce qu'il a de plus cher au monde.

SAKOUNTALA, *avec une feinte humeur.*

Que voulez-vous faire entendre ? Je n'écoute plus vos paroles.

(*Elle se lève et va arroser les arbres.*)

DOUCHMANTA, *à mi-voix à Anousouya.*

Ainsi, cette jeune fille a pour père le révérend Kanwa ?

PRYAMWADA

C'est-à-dire que le vénérable Kanwa est appelé son père parce qu'il s'est occupé de la nourrir et de l'élever dès son enfance, à la mort de son père authentique...

DOUCHMANTA

Son père authentique ?

ANOUSOUYA

Oui, un sage de race royale nommé Kançika.

DOUCHMANTA

De race royale ! O bonheur ! mon désir ne m'a pas déçu !

ANOUSOUYA *à Sakountala.*

Viens donc ! Sa Seigneurie semble désireuse de parler encore.

(*Sakountala la menace du doigt.*)

DOUCHMANTA

C'est parfaitement vu. Nous avons encore autre chose à vous demander. Les vœux monastiques doivent-ils être observés seulement jusqu'à ce que votre amie soit accordée pour épouse ? Ou bien doit-elle demeurer toute sa vie en compagnie des gazelles, ses favorites, aux yeux pareils aux siens ?

PRYAMWADA

Seigneur, si pour l'accomplissement des devoirs religieux, elle est sous la dépendance d'un autre, c'est aussi le devoir de son père spirituel de lui donner un époux digne d'elle.

DOUCHMANTA, *à part.*

O félicité ! Ce que je croyais du feu est un rubis qu'on peut toucher.

SAKOUNTALA

Pryamwada, je pars. Je vais dénoncer à notre révérende Gautami ces jeunes filles qui disent des choses qui n'ont pas de sens.

ANOUSOUYA

En es-tu bien sûre ? Seigneur, pardonnez-nous. Nos devoirs nous rappellent. Mais l'indigne hospitalité que vous avez reçue nous est une raison pour vous revoir.

DOUCHMANTA

Indigne ? J'ai été assez honoré par la vue de vos personnes.

(*Les jeunes filles s'éloignent.*)

SAKOUNTALA

Ah ! Ma sandale s'est défaite !

(*Elle s'attarde à renouer sa chaussure et elle regarde le roi à la dérobée. Douchmanta fixe également ses regards sur elle. Instant court d'échange entre les yeux. Sakountala sort.*)

DOUCHMANTA, *seul, la suivant du regard.*

Mon corps voudrait la suivre, et mon esprit, retenu par la bienséance, retourne en arrière comme l'étoffe de soie d'un étendard porté contre le vent... Celle qu'on aime n'est jamais facile à obtenir. Pourtant son regard m'a semblé s'attacher sur moi avec douceur... Une mutuelle espérance donne déjà du plaisir... Il m'a paru... Sa marche ralentie par l'ampleur de ses hanches, semblait l'être par coquetterie, car elle s'est attardée la dernière. Cela était certainement pour moi. Celui qui aime voit bien ce qui est pour lui.

SCENE III

DOUCHMANTA, MADHAVYA
puis VATAYANA.

MADHAVYA

Soyez victorieux, sire ! Moi, je suis accablé. Boire les eaux âcres des rivières, manger à des heures irrégulières des viandes mal cuites, être réveillé par le tumulte des chevaux et des serviteurs, voilà les plaisirs de la chasse ! Aussi vois-je éclore sur ma joue les furoncles en foule. Et qu'apprends-je par votre chambellan ? Votre Majesté projette d'élire domicile dans cet ermitage.

DOUCHMANTA, *riant.*

Ne t'y plairais-tu pas, cher Madhavya ?

MADHAVYA

Ainsi nous allons prendre les manières des habitants des bois, vivre dans ce pays sauvage, chasser le fauve à se briser les articulations ! Je prie Votre Majesté de m'accorder un congé.

DOUCHMANTA

Nous ne chasserons plus. De saintes filles m'ont enseigné la douceur.

MADHAVYA

Indra soit loué ! Je n'ai pas crié dans le désert.

DOUCHMANTA

En parcourant ces bois, tes yeux n'ont-ils pas aperçu ce qu'il y a de plus beau au monde ?

MADHAVYA

Non ; je n'ai rencontré que votre chambellan. Il m'a parlé d'une agréable rencontre que vous auriez faite. Et je comprends maintenant pourquoi nous ne chassons plus les fauves. Nous avons changé de gibier.

DOUCHMANTA

Bouffon ! Exprime-toi avec bienséance quand tu parles de la perfection.

MADHAVYA

Pour vous, qui dédaignez les perles de votre gynécée, ce qui vous attire vers cette sainte fille ressemble au désir qu'un homme dégoûté des dattes éprouverait pour le fruit du tamarin.

DOUCHMANTA

C'est parce que tu ne l'as pas vue que tu viens de parler ainsi. Fleur jamais respirée, nacre intacte au fond de l'océan, miel nouveau qu'aucune lèvre ne goûta... quel possesseur lui donnera le destin ?

MADHAVYA

Prenez la vite sous votre protection, de peur qu'elle ne tombe entre les mains de quelque ascète à la tête graissée d'huile d'ingoudi.

(Entre Vatayana.)

DOUCHMANTA

Que nous veut mon chambellan ?

VATAYANA

Sire, les piqueurs ont reçu l'ordre de s'arrêter. Vos soldats ne troubleront plus les bosquets sacrés. D'autre part, Karabakha arrive de la ville d'empire, porteur d'un message de la reine-mère. Celle-ci fait dire à Votre Majesté que dans quatre jours aura lieu le jeûne dit « pour la conservation du corps de son fils ». La reine espère à cette occasion être honorée d'une visite de Votre Majesté.

DOUCHMANTA

D'une part il y a l'affaire des ermites à régler, car ils m'ont demandé ma protection. D'autre part, comment ne pas respecter cette invitation auguste ? Donne-moi un conseil, Madhavya.

MADHAVYA

Faites comme le roi Trisankou, qui, précipité du ciel par Indra, et retenu dans sa chute par Wisvamitra, resta suspendu entre ciel et terre.

DOUCHMANTA

En vérité, je suis fort embarrassé ! (*à Madhavya*). Ami, tu es toujours reçu comme un fils par la reine-mère. Aie donc l'obligeance de remplir pour moi le devoir d'un fils.

MADHAVYA

Me voilà donc devenu prince royal.

(*Il s'éloigne.*)

DOUCHMANTA, *le rappelant.*

Ami ! (*à part*) Ce fou pourrait être indiscret.

MADHAVYA

Auriez-vous déjà l'intention de me découronner ?

DOUCHMANTA

Si l'on te questionne, tu diras que c'est afin de protéger les ermites que je suis resté ici. Il ne s'agit point de jeunes filles. Des mots dits en riant ne doivent pas être pris au sérieux.

MADHAVYA

Sans doute. (*Il sort.*)

SCÈNE IV

Les précédents, SARADVATA.

SARADVATA

Douchmanta, ami d'Indra, soyez victorieux ! Quoique la personne de Votre Majesté rayonne, elle donne de la confiance. Mais cela est bien naturel dans un roi semblable à un saint personnage. Il va jusqu'au ciel, le nom de ce roi maître de lui-même et qui protège les austérités. N'est-il pas vraiment beau, le nom de « Saint » précédé du titre de « Roi » ?

DOUCHMANTA

Je salue votre seigneurie et reçois avec joie votre hommage intellectuel. Car le tribut monnayé qui vient des quatre castes est périssable, tandis que les ascètes nous donnent la sixième partie de leurs austérités, qui est impérissable... Dites-moi ce qui vous amène.

SARNGARAVA

La présence de Votre Majesté est maintenant connue des ermites, car Elle n'a pas été plus tôt entrée dans l'ermitage, que nos cérémonies n'ont plus été troublées par les brutalités de la chasse. C'est pourquoi les ermites lui adressent une autre requête.

DOUCHMANTA

Que désirent-ils ?

SARNGARAVA

Par l'absence de sa sainte Révérence le grand sage Kanwa, les Rakchas ainsi que tous les esprits malfaisants, les démons et les vampires ne rencontrent plus d'obstacles à leurs mauvais desseins. Les anachorètes souhaitent donc que le Saint Roi daigne rester ici leur protecteur jusqu'au retour de notre maître Kanwa.

DOUCHMANTA

C'est là une faveur pour moi.

VATAYANA, *à part.*

Voilà une requête qui vient à propos !

SARADVATA

Que Votre Majesté veuille bien nous accompagner dans la chaumière qui lui a été réservée ainsi qu'à son éminent chambellan.

DOUCHMANTA

Allez en avant, seigneur. Je suis vos pas.

(*Sortent Saradvata et Vatayana.*)

DOUCHMANTA *seul.*

Je connais la puissance que donnent les austérités. Cette jeune fille est sous la dépendance d'un ascète, je le sais. Et cependant mon cœur ne peut s'en détacher, pas plus que l'eau ne s'écoule d'un endroit creux. (*Il sort.*)

RIDEAU

ACTE II

ACTE II

SCÈNE PREMIÈRE

Même décor qu'au premier acte.

SAKOUNTALA, PRYAMWADA,
ANOUSOUYA, puis DOUCHMANTA

(*Sakountala repose endormie. Ses deux amies l'éventent avec de grandes feuilles de lotus.*)

PRYAMWADA

C'est depuis qu'elle a vu cet étranger que Sakountala est remplie d'agitation.

ANOUSOUYA

Serait-ce vraiment la cause de ce malaise ?

PRYAMWADA

Une sympathie ardente peut troubler aussi profondément que la crainte d'un danger.

ANOUSOUYA

Quand nous pressentons que notre destin se fixe, la créature tremble jusque dans ses racines.

PRYAMWADA

C'est là la cause de cette langueur, je le crains. Pourtant ils n'ont échangé presque aucune parole.

ANOUSOUYA

Ceux qui sont nés pour se rencontrer n'ont pas besoin de se parler.

PRYAMWADA

La voici qui s'éveille. Interrogeons-la. Amie chère, à quoi as-tu rêvé? Peux-tu nous dire la cause de ta profonde et soudaine lassitude ?

ANOUSOUYA

Notre sainte Révérende Gautami pense que c'est l'ardeur du soleil qui t'accabla subitement. Elle prépare l'eau rituelle qui te rafraîchira. Nous-mêmes t'avons apporté ces feuilles macérées et la racine de l'herbe oucira qui calme la fièvre.

PRYAMWADA

Tu te tais ? Pourtant une souffrance partagée par de tendres amies devient un mal supportable.

SAKOUNTALA

Amies bien chères, vos remèdes ne peuvent me servir.

PRYAMWADA

C'est qu'alors ton mal est dans ta pensée.

SAKOUNTALA

Il est vrai. Pourquoi mentirais-je ? Depuis que cet étranger s'est présenté pour la première fois à ma vue...

ANOUSOUYA

Ose parler.

SAKOUNTALA

Je suis dans une langueur que je ne puis m'expliquer à moi-même. Je voudrais le revoir... et si cela ne devait pas arriver, vous pourrez jeter sur moi l'eau funéraire avec les grains de sésame.

PRYAMWADA

Ce brahme paraît digne de toi par sa haute distinction. Excepté le manguier, quel arbre peut soutenir la liane ?

ANOUSOUYA

Il faut qu'il connaisse ton inclination pour lui, car toi aussi tu sembles lui plaire.

SAKOUNTALA

Puissiez-vous dire vrai !

ANOUSOUYA

Comment l'en instruire ?

PRYAMWADA

Il faut faire pour lui une lettre d'amour. Puis, comme si c'était le reste d'une offrande, je la lui remettrai cachée dans le calice d'un jasmin.

ANOUSOUYA

Il me plaît, ce moyen ingénieux.

SAKOUNTALA

Mon cœur tremble de la crainte d'être dédaignée.

PRYAMWADA

Ne rabaisse pas tes qualités. Voici une feuille de lotus. Avec la pointe de ton ongle, graves-y une stance commençant par une allusion à toi-même.

(*Le roi paraît derrière un buisson.*)

DOUCHMANTA

Puisse le dieu d'amour, cause de ma peine, en devenir le consolateur, de même que le nuage orageux et lourd rafraichit ensuite par sa pluie !

ANOUSOUYA

La stance est-elle composée ?

SAKOUNTALA

Il me semble qu'elle s'inscrit d'elle-même, comme si un dieu intérieur me la dictait.

PRYAMWADA

Fais en sorte de dépeindre ton cœur comme le peintre avec son pinceau nous représente la naissance de l'aurore.

DOUCHMANTA

Devant les plus grands périls je n'ai jamais tremblé comme devant cette réponse.

SAKOUNTALA, *lisant.*

Si le feu d'une âme sûre
Est pareil au feu sacré,
Dont la flamme droite et pure
Gravit l'espace éthéré,
Si jusqu'aux dieux elle monte,
Charmant leur cœur immortel,
Seras-tu, toi, plus cruel
Devant l'amour qui t'affronte ?
Sur l'autel de mon destin
Jour et nuit brûle une flamme.
A travers l'éther lointain
Rejoindra-t-elle ton âme ?

DOUCHMANTA, *paraissant.*

Sur l'autel de mon destin
Brûle une pareille flamme,
Et dès le premier matin
Mêla ton âme à mon âme.

Délicate Sakountala, il est temps que je me nomme à toi. Je suis le roi Douchmanta. (*Sakountala veut se lever.*) Sur la couche de fleurs qu'ils foulent, tes membres fatigués ne doivent de respect à personne.

ANOUSOUYA, *à Sakountala.*

Accorde à ton ami la faveur de s'asseoir à côté de toi.

SAKOUNTALA, *à voix basse.*

Seigneur, épargnez-moi trop de joie, retirez-vous.

DOUCHMANTA

Fille aux yeux enivrants, veux-tu me faire mourir une seconde fois, moi déjà mortellement frappé ?

ANOUSOUYA, *à Pryamwada.*

Voici une jeune faon qui nous regarde avec inquiétude. Viens, allons le reconduire à sa mère.

SAKOUNTALA

Je ne puis rester sans votre protection.

PRYAMWADA, *souriant.*

Le protecteur de la terre n'est-il pas auprès de toi ?

(*Elles s'en vont.*)

SAKOUNTALA

Ah ! les voilà parties toutes les deux !

DOUCHMANTA

Un humble serviteur n'est-il pas près de toi ? Veux-tu que je mette en mouvement les vents humides avec des feuilles fraîches qui guérissent la langueur ? Ou bien, après avoir placé sur mes genoux tes pieds vermeils comme le lotus, les caresserai-je pour te soulager ?

SAKOUNTALA

Je ne me rendrai pas coupable d'offense envers ceux qui sont dignes de respect.

(*Elle se lève et veut partir.*)

DOUCHMANTA

La chaleur du jour n'a pas diminué encore. Dans l'état de langueur où est ton corps, garde-toi d'exposer au soleil tes membres délicats.

(*Il la fait revenir.*)

SAKOUNTALA

Descendant du roi Porou, gardez les bienséances ; quoique vous ayez surpris mes sentiments et entendu mon aveu, je ne puis disposer de moi-même.

DOUCHMANTA

Timide jeune fille, c'est avoir trop de crainte devant ton père adoptif. Le vénérable Kanwa, après avoir appris ce qui se passe, ne le prendra pas en mauvaise part. D'ailleurs plusieurs filles de rois-ermites ont été, dit-on, épousées à la manière des Gandharvas et ensuite approuvées par leur père.

VOIX DE GAUTAMI, *dans la chaumière.*

Sakountala ! que fais-tu ?

SAKOUNTALA

Laissez-moi ! Notre Révérende Gautami m'appelle.

DOUCHMANTA, *la retenant.*

Soit. Je te laisserai partir.

SAKOUNTALA

Quand ?

DOUCHMANTA

Lorsque, de même que par une abeille est dérobé le suc de la fleur nouvelle, le nectar de ta lèvre aura été ravi par moi qui en suis altéré.

(*Il s'efforce d'approcher ses lèvres du visage de Sakountala qui s'échappe en fuyant.*)

DOUCHMANTA, *seul.*

Dieu d'amour, tu donnes à tes flèches de fleurs la solidité du diamant. Car, malgré l'aveu de Sakountala, la réussite de ce que je désire est encore entourée d'obstacles... Son visage voilé de longs cils s'est écarté de moi. Ses doigts fragiles ont su protéger ses lèvres. Ce doux visage détourné vers l'épaule, n'a pas même reçu un baiser... Où vais-je aller maintenant ? Voici le lit de fleurs foulé par son corps. Voici, toute froissée, la lettre d'amour gravée avec son ongle sur la feuille de lotus. Il n'est pas d'endroit sur la terre qui me soit plus cher, et je voudrais étreindre la terre même qui a gardé son parfum et la chaleur de son jeune corps aux hanches lourdes... Ah ! qu'est ceci? Voici, tombé de son bras, son bracelet de santal ! O parure modeste, tu m'es plus précieuse que les cercles d'or mat enrichis de pierreries qui tintent aux bras des femmes du palais d'Hastinapoura... Bracelet charmant, mes doigts t'envient et voudraient comme toi, pouvoir encercler la chair souple et lisse de ma bien-aimée... J'emporte ce simple ornement comme le plus rare des joyaux, et je le serre dans mes mains comme si je tenais ton bras, Sakountala.

(*Il s'éloigne.*)

SCÈNE II

SAKOUNTALA, puis DOURVASAS, puis DOUCHMANTA.

SAKOUNTALA

Ce bracelet a dû glisser de mon bras pendant que je fuyais en m'agitant... Est-ce bien cet objet que je viens chercher ? N'est-ce pas plutôt le désir de revoir... Le bracelet n'est pas là. Je devrais m'en aller. Quelle puissance me retient ici, quand j'étais libre hier ? Mes frères les arbres agitent leur feuillage. Je ne sais si leur discret murmure m'approuve ou me blâme... Je me regarde vivre, comme si je me voyais en rêve. Mais je sais que mon rêve est vrai... et pourtant je souhaiterais que ce ne fût qu'un rêve, car l'image qu'on aperçoit dans un lac, aux rayons du soleil levant, est pus belle que le paysage. (*Elle s'approche d'une plante.*) Chère tige de jasmin, toi que j'ai baptisée « pudeur des bois », j'ai oublié de te donner mes soins, telle une mère coupable, depuis que le descendant de Porou m'est apparu. Le roi m'offre son ardente amitié. De quel accent pénétrant il a répété ma strophe en la transformant :

Sur l'autel de mon destin
Brûle une pareille flamme
Et dès le premier matin
Mêla mon âme à ton âme.

Celui qui porte le sceptre du monde, celui qui domine les trônes et tient le calice de la sagesse, celui-là ne peut mentir sans que l'Univers s'écroule.

(*Elle reste plongée dans une rêverie profonde.*)

DOURVASAS

Sainte fille, je viens de la montagne abrupte et lointaine où j'ai passé trois jours en méditations.

(*Sakountala, le visage détourné, ne l'entend pas. Dourvasas poursuit :*)

N'est-ce pas ici l'ermitage du saint ermite Kanwa ? (*Silence de Sakountala.*) Mes membres sont fatigués. Ne m'entends-tu pas ?

SAKOUNTALA

Qui êtes-vous ?

DOURVASAS

Qu'importe le nom ? Je suis celui qui a besoin d'hospitalité.

SAKOUNTALA

Vénérable seigneur, je ne puis m'éloigner d'ici.

DOURVASAS

Ne m'entends-tu pas ? Ma fatigue réclame ton hospitalité.

SAKOUNTALA

Je ne puis vous accompagner. Voici la route de l'ermitage. Vous trouverez là-bas des frères qui vous accueilleront.

DOURVASAS

Je suis un vieillard. La route est longue et la nuit vient. Pour la troisième fois, je te prie de m'apporter l'arghya de riz et l'eau pour mes pieds blessés.

SAKOUNTALA

Seigneur, pardonnez-moi. Le temps me manque. Nos frères vous secourront.

DOURVASAS

Misérable fille, que les Rakchas t'environnent et troublent ton destin ! Que la colère de Civa détourne de toi les inclinations et que les larmes dévorent tes cils !

SAKOUNTALA

O père Kanwa, protégez-moi !

DOURVASAS

Mes paroles sont prononcées, et même la fumée du sacrifice ne pourra les envelopper d'ombre. Elles s'accompliront.

DOUCHMANTA, *paraissant.*

Vieillard, qui te permet d'injurier cette jeune fille ?

DOURVASAS

Et qui es-tu, toi, pour prendre sa défense ?

DOUCHMANTA

Je suis le roi Douchmanta.

DOURVASAS

Et moi le sage Dourvasas. Si tu es riche en pouvoir terrestres, je suis riche en austérités impérissables. Cette jeune fille a refusé l'arghya à un vieillard fatigué. Mes paroles s'accompliront par la vertu des méditations.

DOUCHMANTA

Va-t-en.

DOURVASAS

Tu peux développer ta crète comme un serpent courroucé. L'arc de mes lèvres a lancé la flèche empoisonnée qui ne manque pas son but. Sakountala, je te connais ; le sage connaît tout, et mes yeux ont vu. L'amour périssable t'a fait oublier la pitié éternelle. La pitié méprisée réduira l'amour en cendres.

(*Il sort.*)

DOUCHMANTA

Ne tremble pas devant les paroles éphémères de cet homme. Les puissances cachées n'obéissent pas à la colère excessive d'un mortel.

SAKOUNTALA

Son nom m'a fait frémir. Dourvasas est un grand ascète, que les ermites redoutent.

DOUCHMANTA

Pourquoi donc ne l'as-tu pas entendu ?

SAKOUNTALA

Mon esprit n'est plus présent aux êtres qui m'entourent, hormis un seul.

DOUCHMANTA

O joie d'entendre une telle parole ! Ne t'effraye plus de cette imprécation. Dourvasas se trompe. Ce n'est pas la pitié, c'est l'amour qui est éternel, car c'est lui qui fait mouvoir les mondes. La pitié n'est qu'un reste d'amour. Va, tu n'as pas péché contre les lois supérieures. Tu ne leur fus que trop fidèle.

SAKOUNTALA

Que Brahma entende vos paroles !

DOUCHMANTA

Appuie ta jeune tête lourde de crainte sur mon épaule. Voici venir la nuit. Que le souffle léger du vent nocturne mêlé aux parfums du lotus rafraîchisse ton esprit. Entends les derniers cris des Kokilas. La poule des étangs s'inquiète et gémit loin de son compagnon. Mais le tien est près de toi et le sera toujours... Ne redoute pas les mouvements enflammés de mon sang. Repose toi sur ma poitrine comme une jeune arbre contre le roc. Mes mains et mes lèvres ne violenteront pas ta forme.

SAKOUNTALA

Me voici bien heureuse.

(*La lune paraît.*)

SCÈNE III

LES PRECEDENTS, GAUTAMI ANOUSOUYA, PRYAMWADA.

GAUTAMI

Il est tard. Que fais-tu donc, Sakountala ? O Parvati, mère du monde, mes yeux ont-ils bien vu ? Descendant de Porou, est-ce ainsi que vous protégez l'ermitage consacré et la pureté de notre vie ?

DOUCHMANTA

Sainte mère Gautami, ne soyez pas offensée. Cette jeune fille et moi, nous avons reconnu ensemble notre destinée. Elle est prête à devenir mon épouse et à abandonner ses vœux monastiques.

PRYAMWADA

C'est ainsi, sainte mère.

ANOUSOUYA

Cela est vrai, comme il est vrai que le roi Douchmanta est lié à notre amie par l'esprit et le cœur.

GAUTAMI, *à Sakountala.*

Il n'était pas bienséant de t'abandonner aux bras de cet homme avant d'être relevée de tes vœux. Roi, vous avez profané le bois de la pénitence. Pour mériter le nom de grand, le Roi doit être le premier des sages.

DOUCHMANTA

Femme...

GAUTAMI

Vous deviez protéger cette enfant contre elle-même, et attendre l'assentiment de son père spirituel. Je ne donne pas mon approbation à vos liens. Souhaitez de ne pas expier votre conduite.

SCÈNE IV

LES MEMES, KANWA, ERMITES
des deux sexes.

KANWA

Qui parle d'expier ? Qui a commis une faute ? (*au roi.*) Lumière de Porou, sois victorieux ! (*il s'incline.*) Déjà, par ceux-ci, je te savais des nôtres. Qui donc, toi présent, troubla cet ermitage ?

DOUCHMANTA

Moi-même, o sage éminent.

KANWA

Je ne puis te croire. Par mes disciples, j'ai connu que tu respectas la paix de notre ermitage, que tu interrompis ta chasse et renvoyas tes soldats.

GAUTAMI

Et cependant ces arbres consacrés ont entendu des paroles d'amour terrestre, un cœur monastique a palpité sous une étreinte interdite.

(*Mouvement des assistants.*)

KANWA

Serait-il vrai ?

SAKOUNTALA

O mon père, la porte des jardins de la destinée s'est ouverte devant moi. J'en ai passé le seuil, poussée par une force que je ne puis m'expliquer à moi-même. Là, sous un asoka en fleurs, j'ai vu me sourire une femme qui était la déesse Maya, mère de l'amour.

DOUCHMANTA

Et tandis que lui parlait Maya, qui est aussi la déesse de l'illusion, cette jeune fille n'entendit pas et négligea d'accueillir l'ascète Dourvasas, qui la poursuivit de ses imprécations. Alors, j'offris à Sakountala le secours de mon épaule afin de reposer sa jeune tête lourde de crainte. Et elle se réfugia dans mes bras telle qu'un oiseau visé par l'arc impitoyable de la colère. Et nous scellâmes ainsi le choix que nous avions fait l'un de l'autre, sous le firmament parfumé d'étoiles.

KANWA

En méditant deux jours consécutivement devant l'étang de Sauma, j'ai aperçu le mont des musiciens du ciel, nommé Hermakouta, qui est le champ de perfection des ascètes. Là m'est apparu mon ancêtre, le fils de Maritchi, enfoncé jusqu'au nombril dans une fourmilière, la poitrine serrée par une peau de serpent. Portant un cercle de cheveux nattés qui est rempli de nids d'oiseaux, immobile comme un tronc d'arbre, ce solitaire se tient tourné vers le disque du soleil.

DOUCHMANTA

Je salue le fils de Maritchi, qui pratique des austérités terribles.

KANWA

Le solitaire, mon ancêtre, m'a parlé, et il m'a révélé ceci : « La fille de race royale rencontrera un roi.» Ainsi, que notre Révérende mère rassure ses appréhensions. Sakountala a bien suivi sa destinée.

DOUCHMANTA

Sois vénéré, bienheureux Kanwa, pour ce grand bonheur que ta bouche inspirée nous apporte. Que ta main nous unisse et nous impose ta bénédiction. Sakountala est donc mienne.

KANWA

Mon fils, modère ton ardeur. Enivrée

par le céleste sourire de Maya, l'Illusion mère de l'amour, ma fille spirituelle a négligé le devoir de l'hospitalité envers un sage. Par nos actions, bonnes ou mauvaises, accrochées bout à bout, nous tressons la chaîne qui nous rattache à la terre. Chacun de nos gestes, chacune de nos paroles est un caillou jeté dans un lac immobile, dont les ondes sous le choc rayonnent dans toutes les directions. L'imprécation de Dourvasas est chose grave, car ce solitaire est puissant. Par mes prières j'espère enrayer ses terribles paroles. Mais la principale purification est dûe par celle qui a encouru la malédiction. *(A Sakountala.)* Ainsi, ma fille, tu ne pourras te livrer à ton inclination sans une pénitence préalable. De la sorte peut-être paieras-tu ta dette au solitaire. Descendant de Porou, retourne dans ta ville d'empire.

DOUCHMANTA

Quoi, prêtre ! Tu nous sépares parce qu'un mendiant en colère l'injuria.

KANWA

Ce temps d'épreuve ne te sera pas moins salutaire. Dans le feu d'une ardeur subite, le cœur s'enflamme ainsi qu'un amas de lianes desséchées sous les rayons d'un soleil torride. Mais la pluie de l'indifférence peut l'éteindre aussi rapidement.

DOUCHMANTA

Ainsi je devrai la quitter sans être son époux ?

KANWA

Tu l'es déjà, puisque vous avez mêlé vos âmes. Aux yeux de Brahma, déjà vous êtes un couple qui ne pourrait se désunir sans blasphème.

DOUCHMANTA

Accorde-la moi donc à l'instant, car sans elle je ne puis plus vivre.

KANWA

Tu parles ainsi parce que le calice de nectar est à portée de tes lèvres, et parce que tes narines en aspirent le parfum obsédant. Mais l'amour et la passion sont choses distinctes.

DOUCHMANTA

Que dis-tu, prêtre ? Est-il un amour sans passion ?

KANWA

Oui. Celui dans lequel la passion naît de l'amour au lieu de l'engendrer. Cet amour-là seul grandit et dure.

DOUCHMANTA

Tu parles de durée, et je n'ai peut-être plus que cette journée à vivre.

KANWA

Chaque journée n'est qu'un échelon vers la félicité éternelle. Apprends-donc à renoncer afin de jouir plus longuement.

DOUCHMANTA

Sakountala, toi qui m'aimes, lave-moi de ce doute offensant. Justifie et assure notre amour. Chaque créature ne relève que de soi. Prononce notre destinée.

KANWA

Soit. Décide donc, ma fille.

SAKOUNTALA (*avec effort*)

Que la volonté du père soit faite.

KANWA

Tu l'as entendue. Suis son exemple. Sois lui fidèle. Je réponds de son cœur. Quand la lune aura changé trois fois, je t'enverrai ton épouse.

DOUCHMANTA

O bienheureux, ton roi s'incline avec douleur et respect devant ta volonté. Adieu, chère Sakountala.

KANWA

Par ce premier renoncement, tu la mérites déjà.

DOUCHMANTA

Toutefois, permets que je fixe notre épreuve et notre accord par le témoignage d'un gage matériel.

KANWA

J'y consens. L'homme se plaît aux signes tangibles afin de soutenir sa foi chancelante.

DOUCHMANTA, *glissant un anneau au doigt de Sakountala.*

O bien aimée, accepte cet anneau où mon nom est gravé. Conserve et préserve cet anneau. Que cet anneau te soit précieux comme mon amour même. Ne le confie et ne l'abandonne à personne au monde. Il représente à mes yeux ta fidélité, de même que ton bracelet sera le signe de ma constance, car il ne quittera pas ma poitrine. (*Il montre le bracelet.*) Lorsqu'après trois lunes, nous nous reverrons pour ne plus nous quitter, je veux retrouver à ton doigt cet anneau.

SAKOUNTALA

Il en sera ainsi, descendant de Porou.

DOUCHMANTA

Adieu, chère Sakountala.

SAKOUNTALA

Adieu, roi Douchmanta.

(*Ils se regardent longuement. Douchmanta s'éloigne, escorté de deux ermites.*)

KANWA

Dès ce soir, ma fille, commencera ta pénitence. Cependant regarde-moi dans les yeux et écoute.

SAKOUNTALA

Je vous écoute.

KANWA

Le cours de ta vie, comme une rivière qui abandonne le mont solitaire, bientôt te séparera de moi, et, semblable à la rivière, tu refléteras les aspects changeants qui borderont ta destinée. Je te perdrai de vue par les yeux. Mais, sache-le, mon âme paternelle ne restera pas éloignée de la tienne. Sakountala ! De même que ma main se pose sur ton front, de même mon esprit viendra se poser sur toi quand il le faudra, par la seule force de la méditation. Ainsi donc, si jamais ton cœur venait à rouler au fond des abîmes, appelle-moi ! Mon secours ne te fera pas défaut, et la volonté d'Indra secondera la mienne.

SAKOUNTALA

Bienheureux maître, qu'avez-vous dit ? J'ai entendu vos paroles comme on voit une lueur à travers la brume du crépuscule. Ce que j'éprouve est singulier. Quel ordre m'avez-vous donné ?

KANWA

Ne sois pas troublée. Je sais que la mémoire de mes paroles te reviendra à l'instant nécessaire. Jeunes filles, conduisez la fiancée vers sa retraite... Mes frères, allons prier.

RIDEAU

ACTE III

ACTE III

SCÈNE PREMIÈRE

L'intérieur du palais.
A gauche, divan, coussins et tapis.

DOUCHMANTA, VASOUMATI, VATAYANA, MADHAVYA, quelques femmes du palais. Deux musiciens.

(Douchmanta rêve étendu sur le divan. Vasoumati danse ; femmes accroupies autour du roi.

Vatayana et Madhavya, à droite jouent aux échecs.

DOUCHMANTA

Ta danse est empreinte de passion !

MADHAVYA

La musique n'est pourtant pas des plus claires.

DOUCHMANTA

Les hommes comme toi ne comprennent que ce qui ne mérite pas d'être compris.

MADHAVYA

C'est pourquoi je me porte bien.

DOUCHMANTA

Danse encore, Vasoumati.

(*Danse de Vasoumati.*)

Je te suis reconnaissant, Vasoumati, du bien et du mal que tu m'as fait.

VASOUMATI

Cher Seigneur, mon cœur ne te voudrait que du bien. Naguère je le pouvais.

DOUCHMANTA

Tu le peux encore, car j'ai beaucoup d'amitié pour toi.

(*Il la flatte de la main.*)

VASOUMATI

Non, Seigneur. Vos mains sont brûlantes de fièvre. Vos yeux regardent audelà de moi, et votre pensée voyage en des pays inconnus.

DOUCHMANTA, *violent.*

Vasoumati ! Femmes retirez-vous.

VASOUMATI

Seigneur, j'ai dit la vérité.

DOUCHMANTA

La vérité ! Qui peut savoir où est la vérité !

VASOUMATI

Elle est sur les lèvres de ceux qui vous aiment.

DOUCHMANTA

Alors qui donc est sûr d'être aimé ? (*avec douceur*) Femmes, vous pouvez vous retirer. Je vous remercie d'avoir été très gracieuses. Je reste ton ami, Vasoumati.

VASOUMATI

Hélas !

(*Elle sort suivie des femmes.*)

VATAYANA, *poussant une pièce de l'échiquier*

Ton roi est prisonnier. Il ne peut plus être sauvé.

MADHAVYA

J'en sais un autre dans le même cas. J'abandonne (*il renverse les pièces de l'échiquier*) (*à Douchmanta*) Seigneur, vous êtes cruel pour cette infortunée favorite.

DOUCHMANTA

Je suis moins cruel pour elle que l'amour ne l'est pour moi. Mais cela aussi tu n'es pas né pour le comprendre.

MADHAVYA

Il y a deux choses dont j'ai toujours supplié Brahma de me préserver : les exercices violents et l'amour.

DOUCHMANTA, *à Vatayana.*

J'ai compté les jours jusqu'à la deuxième lune, mais à partir de cet instant je n'ai plus regardé le ciel, car celui qui sait le temps trouve l'attente encore plus intolérable. Sommes-nous proches de l'échéance ?

VATAYANA

Votre Majesté me demande-t-elle la vérité ?

DOUCHMANTA

Je te la demande.

VATAYANA

La troisième lune est passée.

DOUCHMANTA

Elle est passée !... Depuis combien de jours ?

VATAYANA

Depuis sept jours.

DOUCHMANTA

Pourquoi ne me l'as-tu pas dit ?

VATAYANA

Je ne dois répondre que si le Roi m'interroge.

DOUCHMANTA

Ce prêtre ne m'a pas tenu parole. Les discours de ces sortes d'hommes ont souvent deux sens. S'il en est ainsi, je le punirai de façon terrible.

VATAYANA

Il faut cinq jours pour venir de l'ermitage jusqu'aux portes de la ville d'empire.

DOUCHMANTA

Elle aurait pu partir avant l'échéance, afin de se trouver ici au jour promis. Cela ne témoigne pas d'une grande hâte de me voir.

MADHAVYA

Cette jeune fille vit sous la dépendance de son père spirituel.

DOUCHMANTA

Il peut exister d'autres causes à ce peu d'empressement. Le ciel, le nuage et le lac changent d'aspect. Pourquoi un cœur de vierge ne changerait-il pas ? Ne voyez-vous pas clairement combien j'ai eu raison de glisser cet anneau à son doigt, et de garder son bracelet ? Il y a des jeunes hommes qui voyagent à travers les bois... Mais voici son bracelet, témoignage de ma constance. Si elle me montre l'anneau, je n'aurai rien à lui reprocher.

VATAYANA.

Seigneur, Sakountala vous aime.

DOUCHMANTA, *avec une agitation croissante.*

Nous verrons cela par l'anneau. Le sage Kanwa raillait les humains qui exigent des signes apparents. Mais quelle chose ici-bas existe sans le signe qui atteste son existence ? La chaleur existe par la présence du soleil, le soleil parce qu'il brille ; le parfum est attesté par la fleur, et l'amour par le gage que conserve un cœur qui se souvient.

VATAYANA

Elle vous aime.

DOUCHMANTA

Tu crois me flatter par ces mots. Mais j'ignore et je veux ignorer les penchants secrets d'une âme étrangère. Je ne scruterai pas l'invisible. Je ne connais plus que sa promesse. Moi dont on doutait, moi que ce prêtre a voulu éprouver, j'ai tenu la mienne. Voici son bracelet, qui n'a pas quitté ma poitrine. Qu'elle me montre l'anneau, et je la tiens quitte de tout. Car si elle avait échangé des paroles d'amour avec quelque autre, celui-là n'eût pas toléré à son doigt l'anneau qui porte mon nom. Voilà l'importance du signe apparent.

MADHAVYA, *lançant un regard expressif à Vatayana.*

Seigneur, vous avez parfaitement raison.

(*Entre un serviteur qui parle à voix basse à Vatayana.*)

VATAYANA

Les justiciables attendent Votre Majesté à son tribunal.

DOUCHMANTA

J'obéis aux devoirs de ma charge, bien que ma pensée soit oppressée. La royauté, comme le parasol dont on tient le manche, ne garantit d'une fatigue qu'aux prix d'une autre fatigue.

(*Sortent Douchmanta et Vatayana.*)

MADHAVYA, *seul.*

Peu de temps après le mariage de Civa avec la déesse Oûmâ, l'Amour, qui a un monstre marin pour emblême, voulut encore âugmenter la tendresse du puissant dieu pour son épouse. Et, attirant la corde de son arc jusqu'à son oreille, l'Amour essaya de cribler de flèches le grand Civa. Mais ce dernier, estimant qu'il ne fallait abuser de rien et que la continence avait parfois du bon, secoua les fléchettes de l'Amour qui envenimaient son épiderme, et dardant ses yeux de feu, il réduisit l'Amour en cendres afin de n'être pas empoisonné lui-même. Et je trouve que toutes les histoires d'amour devraient finir de cette manière. (*Il sort.*)

SCÈNE II.

VETRAVATI, SAKOUNTALA, GAUTAMI, SARADVATA,

Ermites des deux sexes.

VETRAVATI

Vénérables ermites, veuillez attendre en cet endroit. Je vais faire prévenir le roi.

SARADVATA

Dites à Sa Majesté que nous venons accomplir la mission dont nous a chargés le Révérend Kanwa.

VETRAVATI

Cela lui sera dit. (*Il sort.*)

SARADVATA

Chère Sakountala, te voici parvenue au terme de notre long voyage. L'Ecriture a dit : « Un ami doit être accompagné jusqu'au bord de l'eau. » Nous t'avons amenée jusqu'au bord du fleuve sacré, le Gange superbe, où tu viens de faire tes dernières ablutions. Maintenant tu vas prendre le titre de grande reine. Sois la mère d'un héros.

SAKOUNTALA

O Kanwa ! quand reverrai-je le bois de l'ermitage ?

SARADVATA

Assurément le prince Douchmanta possède une constance que rien ne peut ébranler. Personne ici ne suit la mauvaise voie, pas même celui qui appartient à la plus basse caste. Et cependant, à moi dont l'esprit est accoutumé à une solitude perpétuelle, ce palais bruyant apparaît comme une maison entourée de flammes. Sois toujours très estimée de ton époux au milieu de cette foule qui court après le plaisir.

SAKOUNTALA

Douce plante, toi que j'ai surnommée « Pudeur des bois » quoique tu sois unie au manguier, tourne vers moi tes branches pareilles à des bras. Je t'ai abandonnée.

GAUTAMI

Ma fille, sois très honorée par ton époux comme Sarmichthâ le fut par Yayati ; et sois mère d'un fils monarque universel, comme celui qu'elle eut en Porou.

SAKOUNTALA

Hélas ! voici un de mes yeux qui cligne, et ce n'est pas le gauche.

GAUTAMI

Arrête, par ta fermeté, les larmes de tes yeux aux cils relevés, car elles sont un obstacle à ce que tu as à faire. Cette route qu'on suit sur la terre, s'élève et s'abaisse sans qu'on s'en aperçoive. Tes pas ne peuvent donc manquer d'y être inégaux.

SAKOUNTALA

Qui sait ce qui attend l'épouse dans

la maison nouvelle. Chaque visage étranger est une porte qu'il faut apprendre à ouvrir. Et même le visage du mari n'est pas le visage du fiancé.

GAUTAMI

Ecoute les supérieurs avec respect. Maltraitée par ton époux, ne sois pas pour cela indocile par colère. Sois toujours bienveillante pour les serviteurs. Les jeunes femmes arrivent ainsi à la dignité de maîtresse de maison. Celles qui agissent autrement font le malheur de la famille.

SAKOUNTALA

Je me sens pareille à une branche de santal arrachée aux flancs du mont Malaya.

SCÈNE III

LES PRECEDENTS, DOUCHMANTA, VETRAVATI, VATAYANA, MADHAVYA, GARDES.

VETRAVATI

Voici Sa Majesté.

SARADVATA

Que le roi soit victorieux ! Sans souci de ton bien-être, tu te fatigues chaque jour pour le bien du monde. C'est ainsi qu'un arbre supporte avec sa tête une chaleur excessive, tandis qu'avec son ombre il en adoucit l'excès pour ceux qui se réfugient à l'abri de son feuillage. Que la victoire soit avec toi !

DOUCHMANTA

Tous je vous salue.

SARADVATA

Gouverne au gré de tes désirs.

DOUCHMANTA

Je suis attentif.

SARADVATA

Le bienheureux Kanwa qui nous envoie, s'inquiète d'abord de votre santé. Et il ajoute...

DOUCHMANTA

Et il ajoute ?

SARADVATA

Puisque Sa Majesté a, par un aveu mutuel, noué des liens avec Sakountala, à tous deux je donne mon consentement. Les temps sont venus. Sa

Majesté est reconnue par nous comme le premier entre les gens honorables, et cette jeune fille est la vertu même revêtue d'un corps. En unissant une vierge et un homme de qualités égales, Brahma cette fois ne s'expose pas au blâme.

DOUCHMANTA

Cette beauté sans tache qu'on m'amène a-t-elle fidèlement accompli sa retraite dans la solitude ?

SAKOUNTALA

Oh ! parole singulière !

GAUTAMI

Seigneur, elle l'a fidèlement accomplie.

DOUCHMANTA

Il n'est pas de retraite si étroite où un sentiment d'inconstance ne puisse s'introduire, de même qu'il n'y a pas de souterrain barricadé où un reptile ne puisse se glisser.

SAKOUNTALA

Est-ce ainsi que s'exprime la voix de l'amour ? Noble roi, quelle intention offensante se cache dans vos paroles ?

DOUCHMANTA

Il n'y a là nulle offense pour toi, jeune fille. C'est l'esprit de clairvoyance qui seul m'anime. La voix de l'expérience ne saurait te blesser.

SAKOUNTALA

C'est une autre voix qui jadis sortait de vos lèvres.

DOUCHMANTA

Ne doute pas de ma constance. Mon attachement n'a pas varié. Il est prêt à s'attester par un signe. Voici ton bracelet. Environné des tentations du plaisir, je l'ai gardé sur ma personne comme un précieux talisman en l'honneur de ton souvenir. Qui m'assure que ta pensée ne s'est jamais détournée de la mienne ?

SAKOUNTALA

Devant Brahma, j'en fais serment.

DOUCHMANTA

A chacun de tenir sa promesse. Quel signe m'offres-tu de ta fidélité ? Quel gage sert de support à ton serment ? De même que la parole n'est qu'un souffle sans le soutien de l'idée, de même tout sentiment doit reposer sur une preuve tangible.

SAKOUNTALA

Seigneur, je vous entends, et je dissiperai vos doutes avec un signe de reconnaissance.

DOUCHMANTA

Voilà le mot que je désirais entendre.

SAKOUNTALA

Seigneur, voici ma main gauche. Ah ! malheur ! l'anneau n'est plus à mon doigt.

GAUTAMI

L'anneau a glissé sans doute, quand tu offrais ce matin ton hommage aux eaux du fleuve sacré, en faisant tes ablutions.

DOUCHMANTA

Le sexe féminin a de la présence d'esprit, comme on le dit très bien.

SAKOUNTALA

Le destin montre ici sa puissance. Roi, que vous importe l'anneau ! Souvenez-vous seulement de ce jour où, caché derrière le feuillage, vous avez entendu l'aveu de mon cœur. Alors vous êtes apparu, et d'une voix brûlante, répondant à mes stances, vous m'avez dit :

Sur l'autel de mon destin
Brûle une pareille flamme
Et dès le premier matin
Mêla mon âme à ton âme.

DOUCHMANTA

C'est par des paroles de miel comme celles-ci, rappelées par des femmes qui regrettent ce qu'elles ont fait, que les voluptueux sont séduits.

GAUTAMI

Grand roi, gardez-vous d'une pensée pareille. Elevée parmi les ascètes, Sakountala ne connaît pas l'art de tromper.

DOUCHMANTA

La ruse du sexe féminin se manifeste même en dehors de l'espèce humaine. C'est ainsi que la femelle du Kokila, avant de donner l'envol à sa couvée, la fait nourrir par d'autres oiseaux.

SAKOUNTALA

Homme sans honneur, tu juges ici par ton propre cœur. Quel autre en ce moment imiterait ta conduite, toi qui, comme un puits caché sous l'herbe, te recouvres du manteau de la vertu ?

SARADVATA

Le message de notre vénérable maître est accompli. Puisque le roi renonce à cette union, nous devons maintenant retourner sur nos pas.

DOUCHMANTA

Faites comme il vous conviendra.

GAUTAMI

Ma fille, suis-moi

SAKOUNTALA

O terre, entr'ouvre-toi sous mes pas.

(*Elle reste immobile, les yeux fixés à terre.*)

GAUTAMI

Hélas ! tu expies cruellement la malédiction de Dourvasas. Viens, mon enfant, viens chercher la paix dans notre ermitage.

SAKOUNTALA, *levant peu à peu les yeux au ciel.*

Kanwa, vois ma profonde détresse. Kanwa, je t'appelle ! Tu m'as promis assistance. Père, souviens-toi !

(*Elle tombe à terre.*)

DOUCHMANTA

Sakountala !

SARADVATA, *examinant le corps.*

Je n'entends plus battre son cœur douloureux.

DOUCHMANTA, *se prcipitant vers elle.*

Śakountala !

SARADVATA, *le retenant.*

Seigneur, Sakountala est morte.

RIDEAU

ACTE IV

ACTE IV

SCÈNE PREMIÈRE

LES JARDINS ROYAUX.
A gauche, banc de marbre.

VETRAVATI, VATAYANA,
puis MADHAVYA, puis DOUCHMANTA

VATAYANA *à Vetravati*

Veillez à ce que personne ne pénetre dans cette partie du jardin. C'est l'heure où Sa Majesté vient y faire sa promenade.

VETRAVATI

Je vais aposter mes gardes, afin d'écarter les mouches importunes.

(*Il sort.*)

VATAYANA A MADHAVYA *qui entre*

Cher ami, je te salue. Qu'as-tu donc ?

MADHAVYA

La mélancolie du roi me consterne. J'en ai de la tristesse, et cela me gêne beaucoup, car je n'y suis pas habitué. Mes digestions sont troublées, et par suite cela restreint ma gourmandise. Tu ne saurais croire à quel point je suis affligé d'être triste.

VATAYANA

Pourtant c'est le moment ou jamais de remplir ton rôle de bouffon, afin d'amener un sourire aux lèvres de Sa Majesté.

MADHAVYA

C'est comme si tu me demandais de faire rire Viswamitra pendant ses mille années de pénitence.

VATAYANA

Cette histoire d'anneau fut pour nous une chose fatale.

MADHAVYA

Il y a dans tout cela une espèce de malédiction. Pour un mariage manqué, cette jeune fille en somme n'avait pas besoin de mourir. Que d'ennuis elle nous aurait épargnés.

VATAYANA

Il semble que ce soit la douleur d'amour qui l'a tuée.

MADHAVYA

Elle se serait consolée dans sa famille. C'est précisément dans ces sortes de cas que la famille est une chose excellente.

VATAYANA

Sais-tu que ta bouffonnerie ressemble fort à de la sagesse ?

MADHAVYA

C'est pourquoi elle ne fait plus rire le roi. Plût aux dieux qu'il eût été mordu par un reptile ! La morsure eût été moins nuisible à sa santé que la flèche empoisonnée de l'amour.

VATAYANA

Silence ! Voilà notre gracieux souverain qui vient de ce côté.

DOUCHMANTA, *il marche lentement en rêvant.*

Naguère, quand il était endormi, il aurait du être réveillé par ma bien aimée aux yeux de gazelle, ce cœur blessé qui veille maintenant pour la souffrance du regret.

MADHAVYA, *à part.*

Le voilà de nouveau attaqué de la maladie de Sakountala.

VATAYANA

Que Sa Majesté soit toujours victorieuse ! Grand roi, toutes les parties du jardin de plaisance ont été visitées avec soin. Sa Majesté peut donc y goûter le repos en liberté.

DOUCHMANTA

Dis de ma part à mon honorable ministre Pisona que par suite de plusieurs nuits d'insomnie, il m'est impossible de prendre aujourd'hui la présidence du tribunal. Qu'on inscrive donc sur une feuille les affaires examinées par Son Excellence, et qu'on me les envoie. Voilà mes ordres.

VATAYANA

Comme l'ordonne Sa Majesté.
(*Il sort.*)

MADHAVYA

Voilà la place nette. A l'abri de la chaleur, vous allez pouvoir goûter un peu de loisir sur ce banc.

DOUCHMANTA

Ami, les malheurs, dit-on, se précipitent par la première ouverture. Ce proverbe n'est pas faux.

MADHAVYA

Dominez-vous, seigneur. Les hommes éminents ne doivent pas être renversés par le chagrin. L'arbre dont la tête touche le ciel n'est pas déraciné par un grand vent.

DOUCHMANTA

Je me rappellerai toujours son regard voilé par l'abondance des larmes. C'est là ce qui me brûle comme un dard trempé dans le poison. Elle n'est plus. Mes paroles lui ont apporté la mort. Il ne me reste plus d'elle que ce portrait que j'ai peint de mémoire.

MADHAVYA

Je la reconnais. La peinture est fidèle.

DOUCHMANTA

Tout ce qui manque de gracieux à cette peinture, c'est tout ce qui n'a pas été fidélement copié.

MADHAVYA

La modestie du roi égale sa tendresse.

DOUCHMANTA

Tu le vois, je me passionne maintenant pour un mirage.

MADHAVYA

Il n'y a pas de mal à cela, puisque ce mirage vous console.

DOUCHMANTA

Tu ne comprends nullement la cause de mon chagrin. Qui d'ailleurs pourrait la comprendre ? Tâche d'expliquer ceci : je ressens amèrement sa disparition éternelle, parce que mon cœur lui était étroitement attaché. Et dans le même temps, mon esprit se rebelle contre mon cœur. Car enfin, n'ai-je pas eu raison d'exiger cet anneau ? Ne le fallait-il pas ? Et comment croire au prétexte qu'elle invoquait ? Qui donc à ma place y aurait cru ? Pour honorer la divinité, nous élevons des temples. Et pour que le temple dure il faut le bâtir sur le roc. Pour honorer l'amour, nous édifions notre foi en lui. Et pour que notre foi soit inébranlable, il faut que ses fondations reposent sur une preuve. Je devais donc repousser Sakountala. Et en agissant de la sorte je ne fus pas coupable.

MADHAVYA

Cela est parfaitement évident.

DOUCHMANTA

Je ne fus pas coupable. Cela est certain. Mais, ô Madhavya, voici qui est étrange : mon cœur n'admet pas cette justification que ma raison approuve. En vérité mon âme se dresse en moi comme un adversaire armé, et me reproche d'avoir saccagé la fleur de la vie. N'est-ce pas singulier ? Sans me sentir coupable, à aucun moment je ne me sens innocent. Ma parole, juste et légitime, a soufflé la ruine comme la colonne tournoyante du vent du Sud souffle la destruction sur le blé naissant. Voilà la lutte qui divise mon être et le déchire. Ami, maintenant comprends-tu ?

MADHAVYA

Je comprends. (*à part*) Cela est plus complexe que trois parties d'échecs.

DOUCHMANTA

L'abeille audacieuse se permet d'importuner le lion au repos. Et ainsi mon cœur insolent se permet d'aiguillonner ma raison. J'ai honte de mes remords et je rougis d'en souffrir. Et j'en suis arrivé, ô lâcheté insigne, à souhaiter que Sakountala vécût encore, même en la sachant infidèle. Dois-je donc croire qu'elle seule était ma force et ma vérité ? Dois-je croire qu'il est une vérité au-dessus de ce qui est vrai ? Ah ! maintenant seulement je sens le prix sacré de ce qu'est la simple vie d'un être.

MADHAVYA

Cela se conçoit également très bien. (*à part*) Son esprit est tout à fait dérangé.

SCÈNE III

LES PRECEDENTS, VATAYANA.

VATAYANA

Sire, voici ce que votre ministre vous fait dire : à cause de la vérification d'un grand nombre de comptes de finances, une seule affaire concernant les habitants a été examinée. Que le roi jette les yeux sur cette feuille où rapport en est écrit.

DOUCHMANTA, *lisant.*

Quoi ! Le négociant Davanitra a péri dans un naufrage ! Ce brave homme ne laisse pas d'enfants, et c'est au roi que revient toute cette fortune amassée ! Il est triste en vérité d'être sans enfants. Mais peut-être une de ses femmes a-t-elle l'espoir d'être mère ? En ce cas il convient que l'enfant dans le sein de sa mère ait droit à la fortune paternelle. Ecoute sur ce point mes instructions, que tu transmettras au ministre.

(*Il s'éloigne avec Vatayana.*)

MADHAVYA, *seul.*

Il est rare que le roi me parle aussi longuement de ses sentiments. Ordinairement, depuis sa maladie il recherche la solitude. Et j'en suis bien aise. Car des entretiens tel que celui d'aujourd'hui finiraient par m'alanguir à mon tour. Fasse le ciel qu'en sortant d'ici, je n'aie pas l'infortune de rencontrer une fille qui me plaise !

(*Il s'éloigne et disparaît.*)

SCÈNE IV

VETRAVATI, UN GARDE, PADIKA.
puis DOUCHMANTA.

(*Le garde entre en rudoyant Padika.*)

LE GARDE

Allons, voleur, parle. Où as-tu volé cet anneau ?

PADIKA

Soyez bons, mes seigneurs ! Je n'ai pas fait une chose pareille.

LE GARDE

Dis-nous où tu as dérobé ce bijou.

PADIKA

Mes bons seigneurs, je ne suis pas un voleur.

LE GARDE

Le roi t'a pris sans doute pour un brahmane éminent et il t'a fait présent de ce riche anneau qui porte son nom gravé à l'intérieur.

PADIKA

Ecoutez-moi un instant : je suis un pauvre pêcheur qui demeure dans l'enceinte de Sakravatara.

LE GARDE

Brigand, est-ce qu'on te demande qui tu es ?

VETRAVATI

Qu'il nous dise tout avec ordre. Ne l'interromps pas, toi.

DOUCHMANTA, *paraissant.*

Quel est ce bruit ? Qui se permet d'envahir cette partie des jardins ?

VETRAVATI

Pardonnez, sire. C'est un voleur que j'ai cru devoir amener vers Votre Majesté, car il a dérobé un objet paraissant vous appartenir.

DOUCHMANTA

Quel objet ?

VETRAVATI

Un anneau.

DOUCHMANTA, *violemment.*

Retirez-vous tous. Je ne veux plus qu'on prononce devant moi le mot d'anneau.

VETRAVATI

Sire, soyez toujours obéi (*au garde*) Emmène cet homme en prison.

PADIKA

Grand roi, ne me refusez pas justice. Vous qui commandez à l'Univers par la bonté et la raison, laisserez-vous condamner pour vol un homme honnête ? Sire, je n'ai pas dérobé cet anneau qui porte votre nom gravé.

DOUCHMANTA

Mon nom gravé ? Que dis-tu ?

PADIKA

La vérité.

DOUCHMANTA, *agité.*

Qu'on me montre cet anneau. Où est-il ?

VETRAVATI

Entre les mains du commandant de police.

DOUCHMANTA

Qu'on m'apporte aussitôt ce bijou. (*Sort le garde ; au pêcheur*) Poursuis... Parle... Qui es-tu ?

PADIKA

Je soutiens ma famille avec des pièges à prendre les poissons, tels que filets, hameçons et le reste.

VETRAVATI

Belle profession, vraiment !

PADIKA

Seigneur, ne parlez pas ainsi. La condition dans laquelle on est né, quoique méprisée, ne doit pas être abandonnée. Le boucher même, quoiqu'il donne la mort aux animaux, peut être un homme doux et compatissant.

DOUCHMANTA

Après ! après ! d'où tiens-tu cet anneau ?

PADIKA

Il est venu entre mes mains par un grand hasard.

VETRAVATI

Sire, n'accordez pas créance aux affirmations de cet homme. Il est visible qu'il cherche à tromper Votre Majesté. Ce pêcheur a cherché à vendre l'objet à un orfèvre. Mais le marchand, justement étonné de voir un tel joyau entre les mains de ce misérable, s'est empressé d'en avertir la police. (*au prisonnier*). A présent, tâche, si tu le peux, d'expliquer comment l'anneau est entré en ta possession autrement que par un vol.

PADIKA

Grand roi, il y a quelques jours, après avoir rapporté à la maison le fruit de ma pêche dans le Gange, j'en vendis une partie, mais je gardai pour le repas du soir un gros poisson qu'on appelle rôhita. En coupant cet animal en morceaux, j'aperçus soudain dans son ventre un anneau orné d'une pierre précieuse. Je vins donc ici pour le vendre, et c'est alors que ces respectables seigneurs ont mis la main sur moi. Tuez-moi ou laissez-moi aller, mais c'est bien ainsi que l'objet est venu entre mes mains.

(*Le garde revient et remet l'anneau à Vetravati.*)

VETRAVATI, *le flairant.*

Sire, il est vrai que ce bijou sent le poisson cru. Je crois maintenant que cet homme n'a pas menti.

(*Il remet l'anneau au roi.*)

DOUCHMANTA, *à voix basse.*

C'est l'anneau. Oh ! Je me fais horreur à moi-même. (*à Vetravati*) Qu'on mette en liberté ce pêcheur et qu'on lui donne une somme d'argent double de la valeur de ce diamant.

PADIKA

Soyez vénéré, o roi très juste et très bon.

(*On lui remet une bourse. Le roi se retire à l'écart, plongé dans sa méditation.*)

LE GARDE, *défaisant les liens.*

Il est vraiment favorisé, celui qui, après être échappé au pal est placé sur le dos d'un éléphant.

DOUCHMANTA, *les yeux fixés sur l'anneau.*

Laissez-moi seul.

(*Tous sortent.*)

DOUCHMANTA, *seul.*

Ainsi, ô ma bien aimée, tu n'as pas menti. Cet anneau est tombé de ta main dans le fleuve sacré. Ah ! dément criminel ! Malheur, malheur sur moi qui ai repoussé la félicité proche et les lèvres sans tache. Je pleurais de regret. Maintenant, je ploie sous le remords. O bien aimée, je déplorais ta perte. A présent je maudis mon crime. La race de Porou est tarie dans sa postérité d'amour... Mânes de mes ancêtres, désormais vous voilà livrés à l'inquiétude. Privés de descendance, vous n'avez plus pour boire que l'eau de mes larmes... Oh ! fou qui me suis attaché au signe ! Fou qui ai exigé la preuve de ce qui ne doit pas se prouver, mais se sentir ! Il fallait lire tes regards, Sakountala, comme on lit le livre de la vraie loi. Et croire... croire... non vouloir être convaincu. O ma raison, mon esprit, vous m'avez plongé dans les ténèbres de votre vérité, et j'ai cru voir clair dans votre souterrain comme un prisonnier qui s'habitue à l'obscurité. Assassin ! tu as foulé sous ton talon la jeune fleur de jasmin, tu as piétiné le blanc calice renfermant le cœur vivant d'un être... Tout est fini pour moi.

SCÈNE V

DOUCHMANTA, VATAYANA.

VATAYANA

Grand roi, soyez victorieux ! Le peuple a acclamé votre noble jugement.

DOUCHMANTA

Ami, je ne cueillerai plus les fruits de la terre. C'en est fait de moi.

VATAYANA

Vous portez sur votre front la couronne et le bonheur des peuples. Vous êtes notre lumière. Seigneur ne parlez pas ainsi.

DOUCHMANTA

J'ai détruit une vie aimée, belle et innocente.

VATAYANA

Pour le faible, la mort d'un être aimé est le dard qui plonge au fond du cœur. Mais pour l'homme ferme, c'est le dard qu'on retire de la plaie, car la mort est la porte de la vie. Ne vous laissez-pas tomber au rang du vulgaire. Quelle sera la différence entre le roseau et la montagne, si tous deux tremblent au souffle de l'ouragan ? Faites votre devoir.

DOUCHMANTA

Je le ferai, car, en déposant ma couronne, il m'en reste encore un.

VATAYANA

Lequel ?

DOUCHMANTA

L'expiation.

RIDEAU

ACTE V

ACTE V

SCÈNE PREMIÈRE

LE TEMPLE DE SAUMA.

Au fond, l'autel des sacrifices auquel on accède par trois marches.

Au pied de ces marches, un sarcophage dans lequel repose Sakountala.

Au-dessus de l'autel, grande statue de Vishnou.

KANWA, PRYAMWADA, ANOUSOUYA

(*Kanwa est en méditation. Entrent les jeunes filles.*)

PRYAMWADA

Accompagnés des anachorètes, nous venons du lointain ermitage jusqu'en ce temple de Sauma. La nouvelle est-elle véridique ?

ANOUSOUYA

Notre bien chère amie s'est endormie à jamais ? Est-ce possible ?

KANWA

La voici qui repose dans ce sarcophage.

PRYAMWADA

O douleur ! Quoi ! La douce créature née pour le bonheur aura eu la destinée d'un jeune arbre abattu par la foudre !

ANOUSOUYA

Au moment même où la coupe de vie s'approchait de ses lèvres, elle tombe et se brise sur le sol en cent éclats.

PRYAMWADA

Les arbres de l'ermitage vont gémir de l'absence de celle qui les soignait avec tant d'amitié. Et les jeunes faons la chercheront d'un œil inquiet.

ANOUSOUYA

Les fleurs alanguies et assoiffées se faneront de chagrin.

PRYAMWADA

O malheureuse Sakountala ! Maudit soit le jour où le roi Douchmanta vint chasser dans nos bois ! Et maudit soit l'instant où il t'aperçut pour la première fois.

ANOUSOUYA

O funeste et néfaste amour ! Pourquoi n'as-tu pas épargné notre amie ? Pourquoi, traversé par tes flèches, son cœur s'est-il aussitôt enflammé pour cet étranger ? Et nous, dans notre inconscience, nous avons souri, nous t'avons doucement raillée, et nous étions malicieusement heureuses de favoriser la naissance de vos sentiments.

KANWA

Cessez de lamenter, mes filles.

PRYAMWADA

En effet, ô père, quel peut être notre chagrin auprès du vôtre, vous qui avez nourri son âme du suc des plantes impérissables, vous dont elle était la fille intellectuelle.

KANWA

Les voies de Brahma sont emplies de mystère. Nous devons respecter la volonté de celui dont le pouvoir est sans bornes, et qui conduit chaque créature vers sa véritable destinée.

ANOUSOUYA

Vous dites vrai, ô père, et nous allons prier pour sa félicité éternelle.

(*Elles sortent.*)

(*Kanwa se remet en méditation.*)

SCÈNE II

KANWA, SARADVATA.

KANWA, *sans se retourner.*

C'est toi, Saradvata ?

SARADVATA, *surpris.*

Oui, maître.

KANWA

Ne sois pas surpris. L'esprit et la volonté ne connaissent pas d'obstacles. Par l'intuition j'ai senti ta venue. Ne sais-tu pas que j'ai subjugué par la méditation les cinq airs vitaux.

SARADVATA

En ce cas, vous devez connaître la nouvelle que j'apporte.

KANWA

Je la pressens.

SARADVATA

Il vient. Il marche sur mes pas.

KANWA

C'est bien ainsi. Raconte-moi tout.

SARADVATA

Quand nous quittâmes l'ermitage pour accompagner votre chère fille à la cour, vous m'avez dit : « quoiqu'il arrive, en bien comme en mal, tu resteras près du roi afin de l'observer à son insu. » Je me suis conformé à votre ordre. Quand Sakountala tomba, comme frappée par une puissance inconnue, je laissai la caravane vous ramener son corps. Déguisé en mendiant, je rôdai autour du palais. J'appris ainsi que le roi se repentait déjà de sa conduite. Et peu de jours après, on lui rapportait l'anneau fatal qu'un pêcheur nommé Padika avait retiré du corps d'un poisson pris dans ses filets.

KANWA

Se peut-il ? O Vishnou, dans cet événement extraordinaire, je reconnais ta glorieuse volonté !

SARADVATA

La vue de cet anneau, qui démontrait la sincérité de Sakountala, plongea aussitôt le roi dans le plus profond désespoir. Ses regrets se transformant en remords, il comprit entièrement la cruauté de sa conduite. C'est alors qu'il résolut de s'acheminer vers vous, sans doute pour obtenir son pardon et sa purification. Sitôt que ce projet me fut connu, je me hâtai de quitter la ville pour vous en avertir.

KANWA

Le roi vient-il seul, ou accompagné d'une suite nombreuse ?

SARADVATA

Il est seul. Il a pris le bâton du pélerin et le vêtement de l'ascète.

KANWA

Je te remercie. Tu as bien rempli ta mission.

SCÈNE III

(Sort Saradvata).

(Musique de marche funèbre religieuse).

(Entrée d'un côté de Saradvata suivi des ermites. De l'autre côté, entrée de Gautami, Pryamwada et Anoussouya, suivies des femmes de l'ermitage. Kanwa allume le feu sur l'autel.)

KANWA

Disciples et compagnes bien aimés, avant de vous laisser aller à l'affliction que je lis dans vos yeux prêts à répandre des larmes, tournez vos pensées vers l'Etre suprême, et commettez l'acte de foi et de soumission dûs à Celui qui peut tout. Priez en paix, et louangez Vishnou.

(Tous s'agenouillent.) Musique.

SARADVATA

Adoration à toi le créateur de tout,
A toi encore le destructeur de tout,
A toi, esprit ineffable qui opère avec trois énergies !

Bien qu'immuable, tu habites par tes qualités tous les points de l'espace.

Infini, tu es le monde fini.

N'ayant besoin de rien, pourtant tout ce que l'on désire vient de toi.

O Dieu qui dors sur l'eau des sept mers !

LES ASSISTANTS

O Dieu qui dors sur l'eau des sept mers !

SARADVATA

Tu es un, et cependant mêlé à tout.

Tu es inaccessible, et cependant chacun te possède en son cœur ;

Tu es miséricordieux, et cependant insensible aux passions.

Tu connais tout, et tu es inconnu.

Tu es l'origine et la cause de tous les êtres, et cependant tu es l'être existant par soi-même.

O Dieu qui soutiens les sept mondes !

LES ASSISTANTS

O Dieu qui soutiens les sept mondes !

SARADVATA

C'est toi que cherche le yoghi pour affranchir son corps par l'abstinence.

Tu es la science des quatre choses désirables.

Tu dors et veilles à la fois.
Tout est sorti de tes quatre bouches !

LES ASSISTANTS

Tout est sorti de tes quatre bouches !
(*La musique cesse.*)

SARADVATA

Tu es le dépositaire des hommes libérés de leurs passions,
Tu es le carrefour des chemins de la béatitude,
Rien ne peut exprimer ta perfection puisqu'il suffit de se souvenir de toi pour être à l'instant purifié.
Personne ne peut te louer dignement, car tes actes sont supérieurs à toute louange.

KANWA

O Vishnou, reçois la fumée et la flamme de notre sacrifice.

SCÈNE IV

Les précédents, DOUCHMANTA.

DOUCHMANTA

O Vishnou, daigne aussi accueillir l'indigne près de tes autels.

(*Mouvement de l'assistance.*)

KANWA, *avec calme.*

Roi Douchmanta, que nous veut ta Majesté ?

DOUCHMANTA

Ne m'appelle plus roi. J'ai dépouillé à jamais les vains emblêmes du pouvoir terrestre. Je m'appuie sur le bâton du religieux mendiant, et je viens vers vous revêtu de la peau d'antilope, les flancs ceints d'herbe tressée, ployant sous le fardeau d'une pensée que je ne puis secouer de mes épaules.

KANWA

Descendant de Porou, si ta volonté est telle, et si tu crois pouvoir cueillir ici le fruit de la paix, nous ne te repousserons pas, car c'est ici le séjour de ceux qui veulent s'élever jusqu'aux régions de la sérénité.

DOUCHMANTA

Sois remercié. Je suis venu, non pour obtenir une paix imméritée et un pardon impossible, mais afin d'expier mes fautes et m'en purifier.

KANWA

Si c'est ainsi, demandes-en le moyen non à moi, mais à Celui qui est maître de tout et qui n'a point de maître.

(*Douchmanta se met à genoux. Les assistants se retirent sauf Kanwa. Musique de marche funèbre.*)

SCÈNE V

KANWA, DOUCHMANTA.

KANWA, *avec douceur.*

Relève-toi, mon fils et parle.

DOUCHMANTA

Comment, saint ascète, peux-tu m'accueillir avec une pareille douceur ? Je suis un criminel. Je suis un meurtrier.

KANWA

Ta raison fut égarée par le signe apparent des choses. Tu as regardé la lettre au lieu de considérer l'esprit.

DOUCHMANTA

Tu ne m'absoudras pas vis-à-vis de moi-même. Si j'ai renié la pureté, c'est parce que mon âme n'était pas assez pure pour y croire.

KANWA

La malédiction de Dourvasas pesait aussi sur ta tête.

DOUCHMANTA

Tu ne rejetteras pas sur un autre la faute dont je sens le poids.

KANWA

L'homme se croit libre, mais sa volonté, nourrie du passé, n'entrevoit pas aisément l'avenir.

DOUCHMANTA

J'aurais pu croire en Sakountala, et c'est librement que j'ai douté d'elle.

KANWA

Mais ta liberté se fondait sur une erreur.

DOUCHMANTA, *violemment.*

Prêtre, tu ne m'absoudras pas vis-à-vis de moi-même.

KANWA

Qu'attends-tu donc de moi ?

DOUCHMANTA

Le droit de prier une dernière fois sur son sépulcre, puis tes instructions ascètiques afin de laver mon âme polluée. Ordonne-moi, je t'en prie, les travaux les plus durs, les plus cruelles macérations. J'obéirai.

KANWA

Voici le corps de ma fille spirituelle.

DOUCHMANTA, *debout devant le sarcophage.*

O bien aimée, te voilà donc à jamais immobile ! Ton jeune corps aux hanches lourdes, ton buste flexible, ton soucomme le jasmin sous les premières rire lumineux, je les revois ainsi, glacés comme le jasmin sous les premières neiges ! En agitant les touffes de tes cheveux bouclés, ce vent léger fait croire à mon esprit que tu reviens à la vie. Mais non ! ta bouche reste muette, tel dans la nuit le calice d'une fleur autour de laquelle ont cessé les bourdonnements des abeilles. Ta voix suave s'en est allée dans les Kokilas, ta démarche nonchalante dans les flamants, tes yeux humides dans les gazelles, la grâce de tes mouvements dans les lianes qui se balançaient au souffle des brises. Et je ne reverrai plus unis en toi cet assemblage de perfections. Le soleil de mon bonheur est descendu au couchant. Sakountala ! Sakountala ! Ne me pardonne pas, car je ne me pardonne pas à moi-même. Si tu es morte, je le vois maintenant, c'est afin d'ouvrir mes yeux à l'amour. Et ta mort m'a fait entrer dans les jardins du cœur, et je comprends tout le cœur, comme une femme. Tu m'as quitté pour que j'éprouve l'angoisse terrible et bienfaisante qui est la leçon des morts quand nous n'avons pas su les aimer. Or moi j'ai fauché la fleur de sagesse dont le calice parfumait tes lèvres. Et je n'ai plus, en face de moi, pour nourrir mon délire, que l'enseignement de ta mort, afin que je sache que toute chose douée de vie est fanée par la bouche qui blâme et par le cœur qui ne croit pas. Tu n'es pas morte pour me punir, ma Sakountala, mais pour me rendre à la vraie vie... Et je dois maintenant marcher jusqu'à la fin sous ton injonction d'amour.

(*Il s'agenouille en pleurant.*)

KANWA

Mon fils, ressaisis-toi... (*geste de Douchmanta*) Les grandes âmes sont pareilles aux nuages. Elles n'amassent qu'afin de répandre. Tu n'es plus l'homme d'autrefois. La douleur vient de sculpter ton cœur. Il a pris sa forme.

DOUCHMANTA

Je suis encore un objet d'horreur pour moi-même.

KANWA

Comme la parole est unie au sens pour créer l'idée, ainsi tu viens de t'unir à l'amour.

DOUCHMANTA

Hélas ! ma bien aimée n'est plus !

KANWA

Déjà elle se survit dans toi-même par la semence qu'elle y a jetée. Fais un pas de plus... La foi est toute puissante... Fais un pas de plus et tu peux dresser son image reviviscente.

DOUCHMANTA

Qu'ai-je entendu ? Que Brahma accomplisse ou non ce miracle, ne t'ai-je pas dit que je suis prêt à toutes les pénitences ?

KANWA

As-tu pesé tes mots ? Si Brahma rendait la vie à cette enfant, serais-tu prêt à la renoncer de nouveau, à passer une année entière dans l'abstinence, la solitude et la méditation afin d'expièr ta faute et mériter son amour ?

DOUCHMANTA

Quel espoir surhumain me fais-tu entrevoir ? Disposes-tu donc d'un semblable pouvoir ?

KANWA

Réponds !

DOUCHMANTA

Une année de macération serait payer d'un trop faible prix mon crime et son retour à la vie.

KANWA

Il me suffit. Tu es sorti à ton honneur de l'épreuve que je t'avais préparée. Sakountala ! Sakountala ! réveille-toi ! Je l'ordonne.

(*Il étend les mains.*)

DOUCHMANTA

La puissance de Brahma descend-elle dans tes mains ? Vais-je être témoin de l'impossible ?

KANWA

Je pourrais t'abuser. Mais c'est offenser l'Etre suprême que de le créditer d'une imposture pour attester sa puissance. Sakountala n'est pas morte. Lorsque tu l'as reniée dans ton palais, te souvient-il qu'elle a invoqué mon secours ? L'esprit de volonté, qui ne connaît pas la distance a répondu à ce cri d'appel, et je lui ai apporté l'aide qu'elle réclamait sous les apparences d'un sommeil semblable à la mort. La voici qui renaît de l'immobilité glaciale où ma volonté l'avait ensevelie. Ainsi la fleur des hautes montagnes tressaille aux premiers effluves du printemps. Accueille-la au seuil de la vie nouvelle, ô toi qui par ton repentir a mérité cette enfant, toi qui portes maintenant dans ta main droite le flambeau de la croyance.

(*Il sort.*)

SCÈNE VI

DOUCHMANTA, SAKOUNTALA.

SAKOUNTALA

Mes yeux oppressés s'ouvrent comme la plante après l'orage. Mon souffle me semble libéré du poids d'un rocher. Je n'aperçois plus la terre. Ce dôme est-il celui de Swarga et vais-je voir Indra m'apparaître ? (*Elle se soulève*) Ce temple est-il le séjour éternel des saints anachorètes qui habitent au-delà des ténèbres terrestres ?... Il me semble que j'ai supporté de grandes douleurs dans une existence antérieure... Ma pensée se sent meurtrie sans en reconnaître la cause.

DOUCHMANTA, *derrière elle.*

Tu n'es pas dans le ciel, mais sur la terre, ô bien aimée.

SAKOUNTALA

Qui me parle ? Cette voix, qui ne m'est pas inconnue provoque en moi la tristesse en même temps que la joie, et mon cœur est comme la corde musicale qui chante et pleure à la fois.

DOUCHMANTA, *s'agenouillant.*

O bien aimée, tu es vivante. Au nom de la vie, prends en pitié celui qui n'a pas eu pitié de toi.

SAKOUNTALA

Est-ce bien vous, cher Seigneur ? Ne venez-vous pas me donner encore une fausse espérance ?

DOUCHMANTA

Sakountala !

SAKOUNTALA

Souvenez-vous.

DOUCHMANTA

Hélas ! Je me souviens.

SAKOUNTALA

Pourquoi revenez-vous vers moi avec des paroles chaleureuses ? Ne me donnez pas un espoir trompeur.

DOUCHMANTA

Malheureux que je suis ! Te voici revenue à la lumière, mais le coup dont je t'ai frappée t'a ôté le goût de vivre. Voilà ma vraie punition.

SAKOUNTALA

Seigneur, vous m'aimez donc encore ?

DOUCHMANTA

Sakountala !

SAKOUNTALA

Cependant... ah ! toute ma mémoire afflue... Cependant voyez cette main. Elle est nue et pâle, et l'anneau n'y est plus.

DOUCHMANTA, *s'agenouillant.*

Pardonne-moi mon outrage.

(*Il tend ses mains.*)

SAKOUNTALA, *apercevant l'anneau.*

Mon époux, c'est donc là cet anneau ?

DOUCHMANTA

C'est lui que les destins ont fait revenir entre mes mains afin de m'enseigner la science de ce qui est, et de bannir les vérités illusoires.

SAKOUNTALA

Une chose qui m'a rendu la confiance de mon seigneur est pour moi d'un prix inestimable.

DOUCHMANTA

(*Il veut lui remettre sa bague au doigt*) Que la liane se pare donc avec la fleur, signe que la belle saison est revenue.

SAKOUNTALA

Non ! que ce bijou soit porté par toi, descendant de Porou. Cependant je n'ai plus peur, car je lis dans ton œil que ton âme s'est libérée du signe tangible et qu'elle a pris le chemin de la connaissance.

DOUCHMANTA

A la clarté de ton cœur.

SAKOUNTALA

C'est que le tien est purifié. Ainsi la lumière du soleil ne traverse pas la motte de terre, mais elle pénètre et irradie le diamant.

DOUCHMANTA

Mon bonheur est bien grand, et cependant je ne l'ai pas encore mérité.

SAKOUNTALA

Tu l'as mérité puisque tu y crois.

SCÈNE VII

LES PRECEDENTS, KANWA et tous les HABITANTS de l'ERMITAGE.

KANWA

Chers disciples, venez saluer le bonheur de Sakountala que j'ai tirée d'un sommeil qui n'était que l'image de la mort. Mais je devais garder le silence jusqu'à ce que le temps de l'épreuve fut accompli (*à Douchmanta*) Roi, vous voici digne d'être heureux ! Que la victoire vous accompagne ! La félicité terrestre est pareille à la faible lueur qu'on aperçoit du fond d'une longue caverne. Il faut avoir erré et heurté son front aux arêtes obscures des rochers, et tâtonné des mains jusqu'à ce que l'on revienne au jour harmonieux qui unit tous les êtres dans l'éclat du libre ciel. (*à Sakountala*) Je te confie à lui désormais sans crainte. Ton âme était naturellement pure, et c'est pourquoi tu étais destinée à souffrir... (*à tous les deux*) Dans l'acte du mariage, cherchez une postérité au lieu d'une volupté égoïste, de même qu'une goutte de pluie devient une perle en tombant dans un coquillage. Que tes flancs portent bientôt un gage d'amour, ainsi que le bois recèle un germe de feu... Soyez unis comme Çiva et Parvati, le père et la mère du monde, soyez unis comme le mot et l'idée qui enfantent la pensée. Et enfantez de même une pensée vivante, héritière de vos vertus.

TOUS

Soyez victorieux, ô roi !

RIDEAU

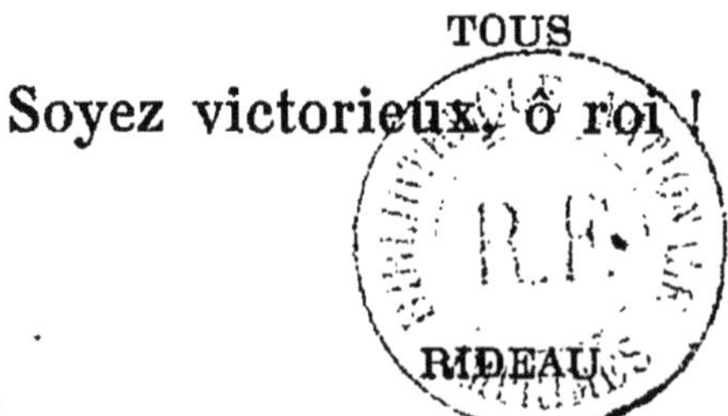

Imp. du "Petit Monégasque"
Monte-Carlo

www.ingramcontent.com/pod-product-compliance
Ingram Content Group UK Ltd.
Pitfield, Milton Keynes, MK11 3LW, UK
UKHW020322250726
13967UKWH00004B/1812